SUPPLÉMENT

AUX

POÉSIES VARIÉES

DE J. BUFFET

SUPPLÉMENT

AUX

POÉSIES VARIÉES

DE J. BUFFET

ADIEU AU JOUR DE L'AN

Entre tous ô jour insipide,
Si lourd d'ennuis et de frimas,
De compliments le cœur aride,
De soucis, de soins, de tracas,
Tu fuis chargé d'un poids énorme
De lettres faites pour la forme,
Fadeurs sans verve et sans entrain ;
Le vieux Janus, à double face,
Enfin ajourne sa grimace
Officielle.... à l'an prochain !

Dormez en paix, Cartes d'usage
Qu'une froide et frivole main
Prodigue à maint sot personnage
Qu'on nommera grimaud demain.
Passez du panier, réceptacle
Où vous paradez en spectacle,
Aux catacombes de l'oubli ;
Aussi bien la Carte vulgaire,
Du facteur butin ordinaire,
Que la carte *en personne*, à pli.

Mais restez, ô Cartes charmantes,
Où **Gustave** a mis son talent ;
A toute heure images vivantes,
Beau souvenir, heureux présent !
Parlez aux yeux, parlez à l'âme,
Entretenez la vive flamme
De la pure et sainte amitié ;
Par vous les regrets de l'absence,
Les doux tourments de l'espérance
Sont diminués de moitié.

Restez, ô compliments sincères,
Suave écho d'un cœur aimant,
Vous qui n'êtes pas d'éphémères
Promesses d'un rapide instant.
Francs baisers dont l'ardeur divine,
Que rien n'altère ou ne domine,
Vit au foyer du sentiment,
Restez aux lèvres dans l'année.
Comme l'empreinte fortunée
De l'ami vrai, du bon parent.

SOUVENIR
DE L'ÉGLISE SAINT-BENOIT

(Mai 1861)

—

Communion première ! oh ! la belle journée
Dont Mai, le mois des fleurs, a sa couronne ornée.
Ce jour-là, je priais dans l'humble Saint-Benoît,
Et la grandeur de Dieu, dans cet espace étroit,
N'émut pas moins mon cœur qu'en une cathédrale ;
Ces temples somptueux où le luxe s'étale
Captivent trop les yeux aux dépens de la foi :
Dans une pauvre étable est né le divin Roi !

J'admirais ces fronts purs courbés sous la prière,
Ces regards, sous le voile, inondés de lumière.
Que deviendront, disais-je, un jour tous ces enfans?
Plusieurs d'entre eux, peut-être, au début de leurs
Tomberont comme un lys abattu par l'orage. [ans,
Seigneur, épargnez-moi ce cruel présage :
Ma fille est là qui prie, elle aspire son Dieu,
Jeune fleur, innocente, abritée au saint lieu.
Ah ! que son chaste front jamais ne se ternisse
Sous un souffle maudit d'impudeur et de vice !
Et l'encens emplissait le vieux temple embelli ;
Sous l'éclat des flambeaux l'autel a resplendi,

L'orgue, en flots d'harmonie, exhale la prière,
Tous les cœurs sont brûlants.... Sur leurs socles de pierre,
Les saints sont attentifs au grand acte du jour,
Et transmettent les vœux à l'éternel séjour.
Un saint prêtre a paru dans la chaire sacrée,
C'est le pasteur, il parle, et sa voix vénérée
A béni les enfants assemblés devant lui.
Deux vicaires zélés (1), son aide, son appui,
Catéchistes aimés de la docile enfance,
De leurs pieux efforts goûtent la récompense.
Je rends grâce aux bons soins dont ils ont entouré
Ma fille, dont l'esprit par eux fut préparé
Au mystère divin de la grande journée.
Église Saint-Benoît, de tes prêtres parée
Mieux que du vain éclat d'un luxe intérieur,
Je t'admire, et te garde un souvenir du cœur !

A MA NIÈCE ET FILLEULE

JULIA BUFFET

A L'OCCASION DE SON MARIAGE

—

Douze fois la rapide année
A passé sur mon front mûri
Depuis le jour où l'hyménée
A ta sœur donnait un mari.

(1) MM. Drouet et Fournier.

Enfant, alors, insoucieuse,
Tu folâtrais l'air réjoui,
En embrassant ta sœur heureuse
Avec un rire épanoui.

A ton tour la blanche couronne,
La chaste fleur de l'oranger,
A ton tour le serment qui donne
Une existence à partager.

Encore un oiseau dont la place
Reste vide au nid paternel,
Encore un bel ange qui passe,
Des bras de l'amour maternel,

Dans les bras d'un mari qui l'aime,
Qui va faire tout son bonheur,
Car il a dit : (ô mot suprême !)
A toi ma vie, à toi mon cœur.....

Et bientôt, fruit de leur tendresse,
Un chérubin au front rosé
Paîra d'une douce caresse
La bouche qui l'aura baisé.

O ma Julia bien-aimée,
Lève les yeux à l'horizon,
Voici l'aurore parfumée,
L'aurore de ton union !

Que jamais un triste nuage
Ne vienne assombrir ton ciel bleu.
Mais vois toujours, dans ton ménage,
La joie assise au coin du feu,

L'amour calme d'un époux tendre,
Le sourire de tes enfants :
Avec cela, tu peux attendre
Les adieux des derniers instants.

CHANSON
(inédite)
DE RICHARD CŒUR-DE-LION
PRISONNIER

(d'après l'original en langue d'*oc*.)

—

Jamais captif, sinon dans une plainte amère,
Ne dira la raison de sa captivité ;
Mais qu'il compose au moins une chanson légère
Comme un doux réconfort à son anxiété.
J'ai des amis. Hélas ! que leur zèle est frivole,
Que leurs dons sont mesquins pour payer ma rançon !
La foi qu'ils m'ont jurée était vaine parole,
Si, durant deux hivers, je languis en prison.

Or, sachez tous, barons qui me devez l'hommage,
Anglais et Poitevins, fiers Normands et Gascons,
Que jamais ne voudrais laisser en esclavage,
Pour si pauvre qu'il fût, l'un de mes compagnons.
Mes bien-aimés vassaux, ce n'est pas un reproche
Qui tende à rabaisser votre courage altier,
Mais je veux être libre, et l'heure n'est pas proche,
Et votre Suzerain est encor prisonnier !

Je sais que, du tombeau couché dans la nuit sombre,
Un homme a peu d'amis, que les libérateurs
Sont rares au captif enseveli dans l'ombre.
Mais honte à mes barons s'ils ne sont mes vengeurs !
Si, pour garder leur or, chacun d'eux m'abandonne,
Honte à leur félonie ! Et la postérité,
A mon peuple qui laisse avilir ma couronne,
Infligera d'ingrat le surnom mérité.

Ne soyez pas surpris de la dure souffrance [ment,
Dont mon cœur est étreint, quand, malgré son ser-
Mon fief est saccagé par monseigneur de France (1).
Mais peut-être bientôt cessera mon tourment.....
O Comtesse (2), que Dieu sauve votre mérite,
Qu'il garde vos attraits qu'on ne saurait nier,
Votre beauté que j'aime, avec ce cœur d'élite
Par qui je suis déjà dès longtemps prisonnier.

(1) Philippe-Auguste.

(2) Peut-être la sœur du duc d'Autriche, lequel retint Richard en prison, au retour de la croisade.

IMPRÉCATION

—

O fléau redoutable entre tous les fléaux,
O mal abrutissant, qui n'as pas de rivaux !
Je te hais, te maudis, et je t'exècre, infâme,
Qui, de l'être pensant dégradant jusqu'à l'âme,

Chez l'homme le plus doux fais naître la fureur.
Va, je sais tes excès, j'ai subi ton horreur :
Que de fois j'ai senti ta rage lancinante!
Non jamais, sur son roc, douleur plus déchirante
N'assaillit Prométhée, et la nuit et le jour,
Sous le bec acéré de l'éternel vautour.
Ah ! quand l'Ange déchu fut lancé dans l'abîme,
Avec les révoltés complices de son crime,
Un supplice aurait dû torturer leur destin,
Le plus cruel de tous...un mal de dent sans fin !

Mais quoi donc opposer à ce mal qui désole ?
Vingt charlatans famés vantent à tour de rôle,
Dans vingt journaux criards, leur liniment trom-
Pas un qui ne prétende enrayer la douleur.. [peur.
Sans doute, quand le mal ne commence qu'à naître,
Un opiat benin le fera disparaître :
Et que d'êtres souffrants doivent (à ce propos)
Aux soins de Jankowski le bienfait du repos !
Mais si la dent languit sous l'affreuse carie,
Si son nerf est rongé par une âcre sanie,
Oh ! recourez alors au fer extirpateur :
C'est la paix, le salut, c'est le libérateur !

A ce seul mot de fer tout malade frissonne.
Hélas ! j'ai frissonné beaucoup plus que personne.
Je me souviens encor de la première fois
Où défait, abattu, grimaçant, aux abois,
J'allai chez Jankowski. Là, s'offrent à ma vue
Des instruments qui font trembler ma chair émue ;
Jusqu'à ce bon fauteuil qui trône au cabinet,
Qui revêt, le sournois ! un air de chevalet.

Mais Jankowski paraît. Il me raffermit l'âme,
Son aspect rassurant c'est déjà le dictame ;
Puis, d'un coup, d'un seul coup d'adresse et de vi-
Il me met dans la main l'objet de ma douleur ! [gueur,
Oh ! je franchis joyeux son escalier funeste :
Je l'ai gravi bien lourd, je le descends bien leste.
Tout rit dans mon cerveau : le ciel me paraît bleu,
Le soleil morne est presque éblouissant de feu,
Le Mans me fait l'effet d'une ville superbe,
La rue a son trottoir, le pavé n'a plus d'herbe,
Les quais sont achevés, leur périmètre entier
Forme d'un bout à l'autre un élégant quartier ;
Les travaux ne vont plus à pas lents de tortue :
Que dis-je ? je crois voir cette fameuse rue !... (1)
Une dent arrachée, ô prodige nouveau !
A créé ce mirage, et changé tout en beau.

(1) *Toujours* projetée.

LA LUCIOLE

OU VER LUISANT AILÉ.

—

Déjà l'humide nuit étend son voile immense,
Sur la campagne au loin règne un profond silence ;
Complices de l'amour, les astres, dans les cieux,
Ont commencé la danse
Où brille de leurs feux l'éclat mystérieux.

Moi qui ne songe, hélas ! qu'aux attraits de ma belle,
Moi qui, dans l'univers, n'aime à contempler qu'elle,
Je n'obtiens qu'un billet qui flotte à son balcon...
J'espérais mieux, cruelle,
Un sourire eût rendu le calme à ma raison.

Oh ! je lirai du moins la lettre parfumée
Qui contient ton secret, maîtresse bien-aimée.
Mais la nuit a doublé son réseau ténébreux :
Ton épître ignorée
N'est qu'un signe muet, message malheureux,

Vains efforts, plainte vaine ! Au sein de l'empyrée,
Phœbé n'a pas encor, de sa clarté sacrée,
Illuminé les monts où son trône est assis,
Et la voûte éthérée
Scintille de trop loin à mes yeux obscurcis.

Mon courroux insensé s'adresse à la nuit sombre
Dont, peu d'instants avant, j'avais invoqué l'ombre ;
Des calmes éléments j'accuse le repos :
Quoi ! des éclairs sans nombre
Ne viendront-ils m'aider à déchiffrer ces mots ?

Je voudrais voir briller l'orage en son délire,
Et qu'à ses triples feux ici je pusse lire
Les signes adorés que m'a tracés sa main.
Quel odieux martyre !
Le toucher, le saisir..... ignorer mon destin !

Mais que vois-je ? A mes pieds, où l'herbe s'amoncelle,
Rapide et lumineuse une mouche étincelle,
Qui rase en cercle igné la pointe du gazon ;
Un phare est dans son aile
D'où s'échappe, ô surprise ! un multiple rayon.

Le foyer d'une flamme éclatante et mobile
S'allume dans son sein, parcourt son aile agile,
S'épanche en traits ardents des anneaux de son corps,
Et la mouche fragile
Semble un fanal vivant, à magiques ressorts.

Avide, je saisis l'insecte secourable,
L'insecte à qui l'Amour, à mes vœux favorable,
A donné ce flambeau, la perle des présents,
Ce doux flambeau, capable
D'embellir, à lui seul, les veilles des amants !

Je le rapproche, ému, de la lettre chérie ;
Du feu révélateur chaque ligne suivie
Ne perd pas un seul trait de ses jets radieux :
L'écriture trahie
A livré son secret à mon cœur amoureux !

Grâce te soit rendue, ô tendre *luciole*,
Étoile des prés verts, bienfaisante auréole,
Insecte aux ailes d'or, le plus beau, le plus pur,
Rayon d'amour qui vole,
Promenant, dans la nuit, un phare toujours sûr.

Oh ! comment t'exprimer mon bonheur et ma joie,
Comment peindre ton charme à l'instant qu'il déploie
Son mystère charmant au milieu de la nuit ?
Aux noirs soucis en proie,
Par toi revit un cœur que l'espérance fuit.

Quand le soleil descend dans sa couche pourprée,
Il te laisse après lui pour charmer la soirée,
Atome rayonnant, reflet de sa splendeur :
La plaine diaprée
Protége avec amour ta tremblante lueur.

Auprès de ton éclat l'or pâlit et s'efface,
La perle, de ses feux, laisse à peine une trace,
L'escarboucle de l'Inde est seule égale à toi :
Cette reine qu'on place
Au-dessus du saphir, sur le bandeau d'un roi !

Semblable en ta splendeur, ô beauté délicate,
A la vierge rêvant, dont le regard éclate
Dans les ténèbres même, immobile, abaissé,
Malgré que son cœur batte
D'innocente pudeur près de son fiancé.

Ah ! puisses-tu longtemps, luciole chérie,
Pour prix de ton bienfait, goûter en la prairie
Le parfum embaumé des plus douces senteurs ;
Que le ciel te sourie,
Qu'il prodigue pour toi la rosée et les fleurs !

UN ATELIER D'ARTISTE

—

Venez, ami lecteur, si le beau vous attire,
Venez dans un endroit que je vais vous décrire.

Non loin des Jacobins et du frais promenoir
Où, libre du travail, on respire, le soir,
Du Mail près de la rue, est l'atelier magique
Que Gustave consacre à l'art photographique.
L'enseigne se présente avec double écusson,
Au milieu lettres d'or y retracent son nom.

Un couloir élégant vous indique l'entrée,
De carreaux losangés coquettement pavée ;
Au seuil, sur piédestaux, deux bustes d'inventeurs :
C'est *Daguerre*, c'est *Niepce*, offerts aux visiteurs.
Droit devant vous, au fond, le jet d'une eau limpide
De petits rocs groupés frappe une pyramide.
Et des oiseaux chanteurs, le bouvreuil, le serin,
De leur aile légère effleurent le bassin :
Rien de plus gai surtout que le bruyant ramage
De ces hôtes, joyeux de leur doux esclavage.

Mais tournons sur la gauche, entrons dans le salon :
Ici tout plaît à l'œil, car tout est de bon ton :
Les meubles, les tableaux, les fines draperies,
Et le luxe charmant de cent photographies.
Magnifiques portraits aux parois suspendus
Ou, sur la table riche, en monceaux répandus.
Qui n'a pas remarqué cette émouvante scène
Du Christ qu'on lève en croix, et la suprême Cène !...
Là, de la Vierge-Mère est l'immense douleur ;
Ici, la majesté si calme du Sauveur.
Un tableau vous ravit : c'est une Madeleine
Dont les traits sont empreints de l'excès de la peine
Que font naître en son cœur de poignants souvenirs,
Où triomphe, à son tour, l'ardeur des saints désirs :
Œuvre qu'on attribue à Piétro de Cortonne.
Dans ce joli salon le moindre objet étonne.
Un buffet-étagère, aussi beau de façon
Que par un bois sans tache, offre un triple rayon
Chargé des mille objets de la photographie :
Albums et médaillons, œuvre de féerie,
Cadres du meilleur goût, que sais-je ? un attirail

Où l'or, l'argent, se joue à côté de l'émail.
J'admire sous son voile une belle pendule,
La glace où l'arabesque en feuillage circule,
Et les flambeaux de bronze aux délicats contours.
Mais un objet qui plaît et qui plaira toujours,
C'est le stéréoscope, où sans fin se déroule
De pays, de cités une inombrable foule :
Venise et ses palais, Londres, Rome, Paris,
Stamboul et ses sérails de charmantes houris,
L'Égypte, le Japon, la Chine et Cochinchine :
L'univers à vos yeux étonnés se dessine,
On voyage à plaisir sans quitter le salon.

Un escalier couvert d'un petit aubusson
Conduit à l'atelier, superbe et long vitrage.
Artistement rangés, sont les meubles d'usage
Pour la photographie, et vingt décors divers,
Rideaux blancs, rideaux bleus, amarantes et verts.
Dont le jeu combiné tamise la lumière.
Un tapis onduleux couvre l'estrade entière
Où pose le public. Des sites d'agrément,
Paysages, jardins, forment l'encadrement.
Partout glace de prix, tenture, draperie,
Instruments de travail ornent la galerie ;
Enfin, à l'un des coins, un sombre cabinet
Où l'artiste, entré seul, manipule en secret.
Voilà pour l'atelier. Redescendons l'étage.

Ici laboratoire où brille un assemblage
De fioles, bocaux de sel d'or ou d'argent,
Pour fixer la lumière indispensable agent ;
Sulfite, hyposulfite, et l'acide prussique,

Et tout le *bataclan* du langage chimique ,
Puis des clichés sans nombre alignés en casier
Avant de recevoir le sensible papier
Que baignera l'eau pure. Un grand calorifère
Projette, en haut, en bas, une douce atmosphère.
Vous avez là, vers vous, des agents précieux,
Dont le moindre souvent est d'un prix merveilleux.

Je signale au beau sexe une chambre gentille
Où selon son idée une dame s'habille,
Revêt une parure, un costume à souhait,
Avant que de tenter l'épreuve du portrait.

Je n'ai pas tout décrit. La pièce sur la rue
(Le second atelier) mérite d'être vue.
Là, le portrait reçoit, de féminines mains,
Et son dernier apprêt et ses tons les plus fins ;
Des cadres, des tableaux, un rayon à vitrine
Où la carte-visite a son nom par lettrine.
Une presse à glacer : tel est l'ameublement
Avec la table longue, utile complément.
Secondant les efforts de l'active patronne,
On voit, affable à tous, une jeune personne
Qui reçoit les clients à toute heure du jour,
Assignant à chacun, avec grâce, son tour.

Je parle un peu de tout et n'ai rien dit du maître.
Mais, au Mans comme ailleurs, on sait le reconnaître
A ces produits d'un art qu'il a porté bien haut.
Paris même l'envie : il est peint dans ce mot.

UNE EXCURSION

J'avais affaire au pays de Mayenne.
Par un gros froid nous voilà donc partis,
Ma femme et moi, puis monsieur mon beau-fils,
Une autre dame accompagnant la mienne.
Notre jeune homme, ayant rênes en main,
En chantonnant égayait le chemin.
Nous traversons Saint-Aubin, la Milesse,
Domfront, Conlie : avec grande liesse,
Là, d'un bon feu nous prenons le régal,
Tandis qu'on donne une avoine au cheval.
Le bourg possède une halle charmante,
J'en suis bien aise et je l'en complimente.
Bientôt Sillé se dessine à nos yeux :
Nous y dînons, affamés et frileux ;
Sol inégal et pavé difficile,
Ancien château, seul monument de style.
Allons ! bonjour à la vieille cité.
Vite en voiture et trot surexcité,
Car il s'agit de gagner le bas Maine :
Nous l'atteignons sans retard et sans peine.

Tout aussitôt le spectacle a changé.
Quel beau terroir ! qu'il doit être ombragé
Au temps heureux où règne la verdure !
Borée, hélas ! dans l'atmosphère pure,
A pleins poumons nous soufflait la froidure.

Partout se montre un sol accidenté,
Colline et mont, ravin, lac argenté
Dont j'eûs voulu, sous le patin rapide,
Rayer gaîment la surface solide.
Ce qui nous frappe, et qui plaît à mon cœur,
C'est qu'en tous lieux la Croix du Rédempteur
Unit le ciel aux douleurs de la terre :
Tout parle ici de la foi populaire.
Par les cahots l'équipage lassé
Regrettait fort les routes de la Sarthe,
Tandis qu'à part je ruminais la carte,
En évoquant un douloureux passé.
Vainqueurs, vaincus des discordes civiles,
Dormez !... — Phœbus et ses coursiers agiles
Cèdent la place au croissant lumineux ;
Enfin, aprés vingt chocs malencontreux,
Nous arrivons au pays des Chapelles
Dont le pasteur, ami des plus fidèles,
Nous fit, ma foi, le plus charmant accueil.
Le bucéphale, ayant franchi le seuil,
Se vit traiter comme un cheval de prince.
Bon feu pour nous, et, ce qui n'est pas mince,
Joli souper et surtout un bon lit,
Si doux aprés qu'a cessé l'appétit !
Je vois encor la servante empressée
Se trémoussant, hâtant la fricassée :
Je rends hommage au talent de Nanon
Qui s'est traduit en un menu fort bon.
Puis-je oublier cet heureux presbytère
Qui voit couler à ses pieds la rivière,
Et devant elle, au droit de l'horizon,
S'enfuir un riche et gracieux vallon ?

Mais oublîrai-je un si vertueux prêtre,
Affable et doux, et dont le goût champêtre
Soigne avec art, et d'une habile main,
Les fleurs, les fruits de son vaste jardin ?
Tout son troupeau le chérit comme un père...
J'ai retenu la voix sonore et claire,
Qui me charma, du chantre-sacristain.
Certe, il peut faire honneur à tout lutrin !
Le jour d'après, nous suivons notre route,
Laissant Lassay, malgré qu'il nous en coûte,
Et dirigeant nos pas vers Saint-Fraimbault,
Petit couvent dont je vais dire un mot.

Assise aux flancs d'une douce colline,
Cette maison, de modeste origine,
A prospéré par l'effort d'une Sœur
Qui la dirige avec esprit et cœur.
Nous allions voir une jeune novice.
De saints devoirs le paisible exercice
Et du travail la rude activité
Donnent aux sœurs l'aspect de la santé.
A leurs bons soins la vieillesse et l'enfance
Doivent beaucoup, et la triste indigence
Partage encor leur frugale pitance.
Nous admirons la chapelle surtout,
Simple, élégante et du plus pieux goût.
Sainte maison, qu'un but utile honore,
Adieu ! plus tard nous nous verrons encore.
Nous retournons chez notre bon curé
Qu'on quitte enfin, l'estomac restauré ;
Et puis bientôt la route impériale
Nous fait du Mans revoir la Cathédrale.

A LA POLOGNE

Incedo per ignes
Suppositos cineri doloso.
(Hor.)

Noble et grande victime, à ta chaîne attachée,
C'est en vain qu'au sépulcre ils t'ont cent fois
Tu relèves sans cesse un front cicatrisé ; [couchée,
Ton spectre, leur effroi, se dresse dans ta tombe.
Ils diront : Qu'il retombe !
Mais leur arrêt est nul. C'est Dieu qui l'a cassé.

Oui, tôt ou tard, du sein de ton ignominie,
Face à face levé contre la tyrannie,
Surgira le vengeur, le prophète nouveau,
Qui sur tes oppresseurs sèmera l'épouvante;
Et, d'une voix puissante,
Dira : Pauvre Lazare, enfin ! sors du tombeau...

Qui donc a plus que toi droit à la délivrance ?
Dans ces peuples divers qu'arme l'indépendance
En est-il, plus que toi, qu'ait sacré le malheur ?
Un seul est ton égal : c'est l'Irlande affamée,
Froidement décimée
Sous la *légalité* de son dominateur.

Tu n'as pas outragé, pour faire une patrie,
Ni la foi, ni l'honneur, ô Pologne chérie ;
Tu n'as pas prodigué l'encens à de faux dieux ;
Tu n'as pas amassé de ruines sacrées,
Indignement livrées
A la froide ironie, au sarcasme odieux.

Mais marchant dans ta force et ta sainte croyance,
Quand sur toi le Baskir vient pour brandir sa lance,
Tu chantes à genoux sur le pont de Kowno ;
Et le soldat esclave, interdit à ta vue,
Se signe, l'âme émue :
Il a cru, dans les airs, revoir Kociusko !

Va, porte ta douleur aussi calme que digne ;
Contre l'impiété que ton grand cœur s'indigne,
O Niobé moderne, élevée à la croix !
Des martyrs de Praga la sanglante hécatombe
Gît en vain dans la tombe :
Dieu, le vengeur suprême, exaucera leur voix.

COTE-D'OR ET JURA

(Octobre 1862.)

—

Je vais narrer le voyage charmant
Fait au pays qui me connut enfant.
O ma Bourgogne, et toi, Jura, que j'aime,
A vous revoir j'eus un plaisir extrême.
Vos souvenirs sont un beau rêve d'or :
Les raconter est un plaisir encor.

Un matin donc, moi, ma femme et ma fille,
Nous partons pour visiter ma famille.
Près de ma nièce un petit dieu malin,
Cher au beau sexe, avait fait son chemin.

Je l'avais vue à sa dixième année,
De ses vingt ans j'allais la voir ornée;
Bref, nous étions mandés au *conjungo*.
Quand il s'agit du *matrimonio*,
En notre esprit tout prend couleur de rose :
Je pars joyeux, de Paris, la nuit close.
Dès que l'aurore au visage vermeil
Eut précédé le lever du soleil,
Quand j'entrevis, dans la brume légère,
Se dessiner le joli coin de terre
Dit Côte-d'Or, et ses riches coteaux
Tous surchargés des raisins les plus beaux ;
Quand j'aperçus la vieille cathédrale,
Sa flèche aigüe, et ma ville natale :
Oh ! je sentis un indicible émoi.
Je renaissais, je disais : C'est bien moi,
Moi qui montai sur la verte colline,
Qui bus souvent à la source voisine,
Qui m'endormis, un jour, sur ce gazon,
Après avoir pris les nids d'un buisson.
Je saluai le superbe village (1)
Où j'ai passé la fleur du premier âge,
Et son collége où pensums et bons points
Furent longtemps mes soucis et mes soins.
Que je voudrais, encore enfant, y vivre
Et barbouiller les feuillets de mon livre !

J'aborde enfin l'illustre et vieux Dijon,
Ville qui règne au pays bourguignon.
Grâce au progrès qui, de sa main de fée,
De mille attraits l'a vraiment attifée,

(1) Plombières-lez-Dijon.

C'est une perle, un aimable séjour,
Du voyageur le regret et l'amour.
Le flot vanté des sources de Jouvence,
A pleins canaux, y coule en abondance ;
Partout le gaz y répand sa splendeur;
Non pas un gaz à la terne lueur,
Mais radieux, tel enfin qu'on l'envie
Au grand Paris plein d'éclat et de vie.
Les monuments, nombreux, plaisent à l'œil :
Ici, des Ducs le palais, leur orgueil ;
Là, Saint-Michel, une église gothique ;
Et la grand'place à l'aspect magnifique,
Et le Musée, à lui seul un trésor
De tableaux-rois, qui valent leur poids d'or.
Partout aussi de larges promenades :
Le Parc avec ses arbres en arcades,
De vieux remparts au gracieux contour,
De verts talus s'étageant à l'entour ;
L'Arquebuse et le Jardin botanique
Riche surtout de sa flore exotique :
Voilà Dijon. Docks et chemins de fer,
Je n'en dis rien, car le bruit c'est l'enfer !...

Je savourai ces heures de famille,
Ces doux festins où la gaîté pétille,
Où, de tout cœur, on fêta, plus d'un jour,
De bons amis, la vendange et l'amour.
Mais tout prend fin dans ce monde qui passe.
Le plaisir tue, il me manquait l'espace,
Et j'aspirais des horizons nouveaux.
Vers le Jura, vers ses sites si beaux,
Je tournai l'œil, et tous trois nous partîmes :

Assez de plaine, il nous fallait des cimes.
Le monstre ailé qu'on nomme la vapeur
Du fier Jura nous conduit jusqu'au cœur.
A contempler, dominant les campagnes,
Ces hauts plateaux, ces roches, ces montagnes
Au front altier qui s'élance dans l'air,
Je sentis Dieu, moi pauvre et humble ver,
Et sa grandeur en ces lieux révélée !...

Dans le lit creux d'une belle vallée,
Est un village, appelé *Buvilly*,
Sur le chemin et près de Poligny.
Au milieu même une maison de maître,
Par son bon goût de loin se fait connaître ;
Un toit de tuile à la rose couleur,
Des volets verts tranchant sur sa blancheur,
Un air coquet en font un beau cottage.
Là vit en paix un aimable homme, un sage,
Monsieur *Mouchot*, que le Mans a connu
Pour le renom dans l'Ecole obtenu
Qu'il dirigea pendant longues années.
J'allais chez lui ; j'y passai deux journées.
Il nous traita d'excellente façon,
Avec plaisir, avec grâce, abandon,
Comme il eût fait à des parents, un frère :
Nous lui gardons une amitié sincère.
Quand du soleil eut apparu le front
Majestueux, nous gravîmes un mont
Nommé *Chamole*, et fameux en histoire :
Napoléon, qu'appelait la victoire,
Franchit ce pas, allant à Marengo.
La fable dit qu'un lutin-virago,

La *Dame-Verte*, en ces rochers cachée,
Tira souvent la charrette empêchée
Des paysans invoquant son secours :
Merlin, chez eux, règne encor de nos jours.
Ils nous parlaient du trou dit de *la Lune*,
Laquelle y couche à son heure opportune ;
Et cætera... Mais, en réalité,
Quel beau coup d'œil ! J'en étais enchanté.
Partout au loin les trésors de la vigne
Des bas coteaux tenaient toute la ligne,
Les ceps formant un vaste réseau noir ;
Et, par-delà, chose imposante à voir,
Du grand mont Blanc la crête nuageuse,
Dans le linceul de sa couche neigeuse !
Ici, tout près, le joli val de *Vau*,
Et Poligny, juste au bas du plateau,
Qui nous parut une fourmilière.
Sur le sommet de notre cordillère
Nous avons bu le franc vin du Jura,
Pour célébrer ce beau panorama.
Du val de Vau la légende naïve
Dit qu'une pierre, entée en roche vive,
Tous les cent ans, à la nuit de Noël,
Tourne en l'honneur du Fils de l'Éternel.
Nous descendons. La vendange commence,
Des chants joyeux révèlent l'abondance,
Et le raisin, dans les cuves tassé,
S'offre au passant, d'y goûter empressé.

O Buvilly, bel endroit de plaisance,
Je garderai toujours ta souvenance,
J'aurai présent à l'esprit bien des fois
L'accueil exquis de notre hôte courtois.....

Nous le quittons, et nous allons à Beaune;
Pays d'un vin qu'à juste titre on prône,
Pour embrasser un excellent cousin
Qui, franc, loyal, a le cœur sur la main ;
Puis regagnant la zone dijonnaise,
Ses environs je parcourus à l'aise.
J'y visitai le vieux père *Loreau*,
Bon vigneron, ennemi-né de l'eau,
Qui me fit voir des pressoirs où la vigne
Donnait des flots d'une liqueur insigne.
Oh ! pour la pomme et son cidre mesquin,
J'eus, je l'avoue, un suprême dédain !

Enfin partis, la cité souveraine
Nous éblouit de son luxe de reine.
Je dois surtout rappeler le séjour
Dans *Andilly* que nous fîmes un jour,
Pays tout près qu'habite ma cousine.
Là, sur le flanc d'une belle colline,
Sans aucun faste une habitation
S'élève, ayant un superbe horizon.
Montmorency, ta forêt séculaire,
Beau lac d'Enghien, ton eau tranquille et claire,
Prêtent leur charme à ce site enchanteur :
Il plaît aux yeux, il captive le cœur.
La maison est une miniature ;
J'aime, à ses pieds, le tapis de verdure,
Le petit bois que l'on trouve en entrant.
Oh ! cet asile est un lieu ravissant.
Son possesseur est maire du village,
Qu'il administre en honnête homme, en sage ;
Et son épouse, une cousine à moi,
Que de bénir je me fais une loi,

Car ses bienfaits sont gravés dans mon âme :
Avec plaisir, ici je le proclame.
Que Dieu leur garde un tranquille bonheur !
Nous leur faisons de doux adieux de cœur
Et regagnons la grande capitale.
L'heure est venue, il faut que l'on détale.
L'esprit bercé de souvenirs charmans,
Non sans regret nous revînmes au Mans.

Le Mans. — Impr. Monnoyer frères — Avril. 1863.

www.ingramcontent.com/pod-product-compliance
Ingram Content Group UK Ltd.
Pitfield, Milton Keynes, MK11 3LW, UK
UKHW022149260726
13993UKWH00005B/2248